L'ÎLE DES EFFRAYANTS

3. ASTER

LE TERRIBLE GANGSTER

la courte échelle

Les éditions de la courte échelle inc.
160, rue Saint-Viateur Est, bureau 404
Montréal (Québec) H2T 1A8
www.courteechelle.com

Révision: Leïla Turki

Dépôt légal, 4ᵉ trimestre 2011
Bibliothèque nationale du Québec

La courte échelle reconnaît l'aide financière du gouvernement du Canada par l'entremise du Fonds du livre du Canada pour ses activités d'édition. La courte échelle est aussi inscrite au programme de subvention globale du Conseil des Arts du Canada et reçoit l'appui du gouvernement du Québec par l'intermédiaire de la SODEC.

La courte échelle bénéficie également du Programme de crédit d'impôt pour l'édition de livres – Gestion SODEC – du gouvernement du Québec.

Catalogage avant publication de Bibliothèque et Archives nationales du Québec et Bibliothèque et Archives Canada

Pelletier, Marthe

    L'île des Effrayants

    Sommaire : t. 3. Aster, le terrible gangster.

    Pour enfants de 6 ans et plus.

    ISBN 978-2-89651-464-9 (v. 3)

I. Fortier, Sara. II. Titre. III. Titre: Afro, le féroce frisé. IV. Titre: Acra, la cracheuse coquette. V. Titre: Aster, le terrible gangster.

PS8581.E398I43 2010   jC843'.6   C2010-941745-3
PS9581.E398I43 2010

Imprimé au Canada

L'ÎLE DES EFFRAYANTS

3. ASTER
LE TERRIBLE GANGSTER

Marthe Pelletier

Illustrations de Sara Fortier

LOIN, TRÈS LOIN DE TOUS LES CONTINENTS SE TROUVE...

L'ÎLE DES EFFRAYANTS

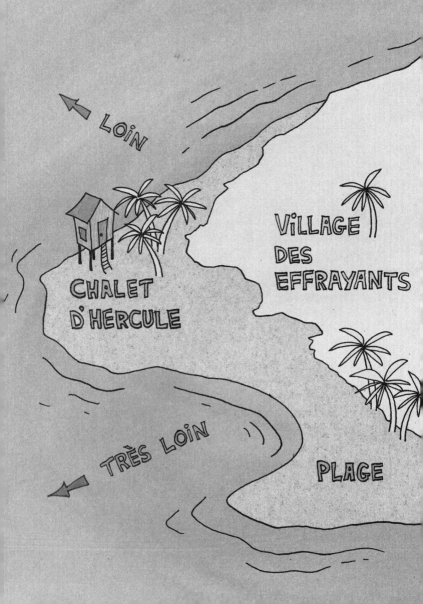

LES
DERNIERS
EFFRAYANTS

Ils vivent sur une île dont ils ne peuvent s'échapper. Sur les cinq continents, les autres monstres ont été domptés par les Humains et ne sont plus terrifiants. Ils sont devenus des Ridicules malheureux, enfermés dans des zoos où tout le monde se moque d'eux.

LES
TERRIBLES
MIMS

Ils s'amusent à tricher, à mentir
et à tourmenter les grands monstres
de l'île. Ces enfants effrayants sont
minuscules, laids, sales, méchants
et chauves. Quand ils deviennent
poilus, leur enfance est terminée.
Pour grandir, ils doivent toutefois
rôtir dans le Crâne Crépitant,
et ça, ce n'est pas de la rigolade.

LA GRANDE ZIA

Elle est la reine de tous les monstres de la terre. Elle est la plus vieille, la plus fourbe et la plus cruelle des Effrayants. Son visage est dégoûtant, sa voix, insupportable, et tous ses sujets l'admirent. Elle est si détestable !

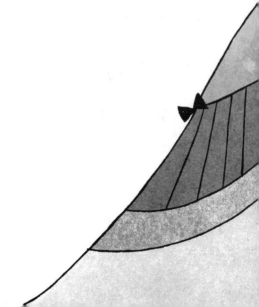

LE BRAVE HERCULE

Il est le chef des dompteurs et, pour les Effrayants, c'est une vraie terreur. Un seul regard d'Hercule peut les rendre ridicules. Le chef des dompteurs est le plus puissant des Humains et, à son avis, Zia est la plus amusante des créatures malfaisantes. Pour la voir plus souvent, il s'est bâti un chalet sur l'île des Effrayants.

L'INFÂME MILO

Il est le fils d'Hercule et il a sans doute des qualités, mais personne n'a eu la chance de les voir. Ce sacripant est jaloux, vantard, hypocrite et menteur, et il est prêt à tout pour réaliser son rêve : devenir chef des dompteurs à la place de son père.

PACTE ENTRE LES HUM

Article 1 – Les Humains acceptent que la reine des Effrayants et ses sujets vivent en liberté sur une île en plein milieu de l'océan. Les monstres aquatiques et volants pourront les accompagner, à condition de sacrifier leurs ailes ou leurs nageoires.

Article 2 – Aucun Effrayant ne tentera de s'évader de l'île, sous peine d'être pourchassé, puis enfermé dans le zoo de Ridicules le plus proche.

Article 3 – De jeunes Effrayants seront créés pour remplacer les vieux monstres qui mourront, sur l'île ou dans les zoos. Le chef des dompteurs contrôlera l'éclosion des Mims et leur transformation en grands Effrayants, et il escortera chacun d'eux dans le monde des Humains.

MAMBO MANDELA

WILLIAM WILLS

KITTY KENNEDY

TAÏ TSÉ TUNG

Article 4 – C'est un enfant qui choisira la forme du nouveau monstre en dessinant la créature la plus effrayante qu'il puisse imaginer.

Article 5 – Le jeune Effrayant devra alors affronter l'enfant, qui essaiera de le dompter au cours d'un Grand duel astucieux. S'il gagne, il retournera sur l'île des Effrayants. S'il échoue, il ira au zoo.

Article 6 – La reine jure sur son honneur que ses Effrayants combattront aux côtés des Humains en cas d'attaque d'extraterrestres ou d'autres créatures inconnues.

SASHA STALINE

ZIA, REINE DES EFFRAYANTS

Dessinez LE PIRE MONSTRE que vous pouvez imaginer.

Envoyez votre dessin au dompteur Hercule.

Parmi tous les HORRIBLES DESSINS reçus, le dompteur choisira LE PLUS TERRORISANT.

Grâce à ses pouvoirs et au dessin choisi, la reine Zia transformera son Mim en GRAND EFFRAYANT.

Si votre dessin est sélectionné, vous devrez affronter le nouveau monstre effrayant au cours d'un GRAND DUEL ASTUCIEUX.

Si vous ridiculisez le monstre, il sera enfermé dans un zoo. Vous gagnerez un voyage familial dans le lieu de votre choix, et votre rêve le plus cher sera exaucé.

Si c'est le monstre qui gagne en vous terrorisant, vous devrez balayer pendant un mois les cages du zoo de votre pays. Le monstre victorieux retournera sur l'île des Effrayants.

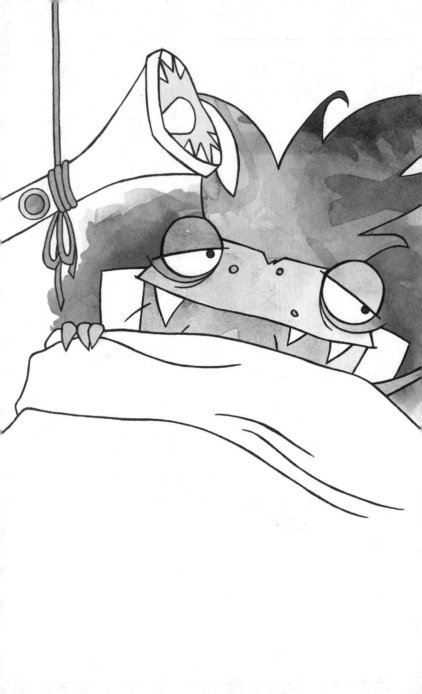

CHAPITRE 1

C'EST MOI, LE CHEF DE LA BANDE

C'est mon réveille-Mim qui sonne.

Je lui donne une claque sur la tête et j'allume ma lampe de poche.

J'admire le butin empilé jusqu'au plafond de la chambre : le jeu de fléchettes du Mim Oza, le rasoir de la limace Barbette, la tapette à mouches du centaure Pasdepoil… Je ne peux pas me retenir, j'éclate de rire.

Hin, hin, hin, hin !

Tous ces trésors, je les ai volés, et mes victimes les cherchent encore !

Zia est fière de moi. Elle m'a récompensé deux fois. Elle m'a offert la lampe de poche et une sacoche pour transporter mon butin.

Je m'étire, je me penche et je réveille l'abruti qui dort sous mon lit :

— Anonyme, il est minuit. C'est l'heure de commettre un crime.

— Je n'ai pas envie de me lever, marmonne le bandit.

— Envie ou pas, tu m'obéis. C'est moi, le chef de la bande.

— Peuh ! on est juste deux gangsters dans notre bande, Aster.

— Veux-tu te battre avec moi, face de rat ?

— Me prends-tu pour un crétin ? Tu es le plus costaud de tous les Mims de l'île !

— C'est vrai, tu es maigrichon. Et chauve. On ne dirait jamais qu'on est jumeaux.

Je tire la queue d'Anonyme et je le traîne par terre.

— Lâche-moi, bougonne le petit. Je n'ai pas envie de cambrioler quoi que ce soit cette nuit.

— Notre tas de trésors n'est pas assez gros. Allons-y ! Je prends la sacoche, et toi, la lampe de poche.

— La lampe est trop lourde ; je veux porter la sacoche, proteste l'avorton.

Je lui mords le nez. Il me suit sans rouspéter dans les tunnels de notre terrier.

Notre repaire de gangsters est un vrai labyrinthe. Personne ne peut s'y retrouver, sauf nous et Dédale, la taupe à pédales qui l'a creusé.

Dédale, je l'ai torturée jusqu'à ce qu'elle déménage, puis je me suis emparé de son terrier. Hin, hin, hin, hin !

En sortant de la chambre aux trésors, je tourne deux fois à droite, je compte dix pas, je tourne à gauche, je vole au-dessus du trou puant,

ESCALIER
DE LA
FOLIE

PLAN DU LABYRINTHE
DE DÉDALE

Plan du repaire
d'Aster

je monte trois marches, je tourne à droite encore et je me retrouve dehors. Je ne me trompe jamais. Avant de chasser Dédale, je lui ai volé son plan.

La lune éclaire le village endormi. On n'entend que les ronflements des Effrayants. Un doux concert à l'oreille du gangster que je suis !

Anonyme sautille sur place. Une fois réveillé, il a toujours le goût de voler.

— Qu'est-ce qu'on cambriole aujourd'hui, chef ?

— Je ne sais pas encore, je réfléchis.

Je lève le nez et j'aperçois Zia. La lune l'éclaire. Du haut de la tour de son château, elle scrute le ciel en croquant des scorpions grillés. Elle grogne entre chaque bouchée. Elle est en furie parce qu'Hercule est en retard. Elle ronchonne depuis deux jours sans descendre de sa tour.

FRIPOUILLE ET CARAMBOUILLE ! J'ai soudain une idée.

Je l'annonce au reste de la bande :

— Anonyme, cette nuit, on va commettre notre crime le plus crapuleux ! Devine ce qu'on va dérober…

– Les bandelettes sales de la momie Pajolie ?

– Non.

– La collection d'yeux de souris de Jazzi ?

– Non plus. On va voler des gommes à mâcher !

– Tu veux dire qu'on va cambrioler Sa Majesté ?

– C'est ça, face de rat ! Zia est occupée, c'est l'occasion rêvée !

– Quelle vilaine idée ! Aster, je suis content d'être dans ta bande !

– Alors, éteins la lampe et suis-moi.

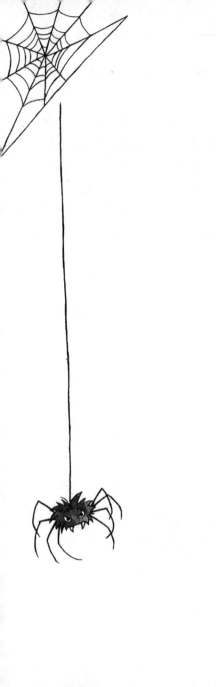

CHAPITRE 2

MON CRIME LE PLUS CRAPULEUX

Nous sommes dans le placard à balais de la cuisine du château, Anonyme et moi.

Avec nous, il y a une armée d'araignées. Elles ont tissé leurs toiles du plafond au plancher. Les balais ne servent pas souvent, au château de Sa Majesté !

Dans le placard, il y a aussi un sac de gommes à mâcher. Il est posé sur une tablette et entouré de pièges à souris.

Je pousse les pièges et je plonge les pattes dans le sac. Je lance des gommes à Anonyme. Lui, il s'en met une dans la bouche.

Il la recrache aussitôt en beuglant :

— POUAH ! la gomme aux fraises, c'est
dégueulasse !

— Je t'avais dit de ne pas en manger. Ça donne
la nausée.

— Zia en mâche tout le temps, grogne le crétin.

Je dois lui expliquer :

— Zia n'est pas comme nous. Elle a vécu longtemps dans le monde des Humains. Elle est habi-
tuée aux aliments répugnants. Elle mange aussi du
miel et des fruits, rappelle-toi.

— BEURK ! je m'en souviens, à présent.

Mon jumeau cesse de grimacer et plisse le front.
Il réfléchit.

— Chef, je ne comprends pas. Pourquoi on vole
la gomme de Zia si on ne la mâche pas ?

— Pour se prouver qu'on n'a peur de rien.

Juste à ce moment-là, un hurlement de Zia me
glace le sang…

Anonyme s'énerve :

— Sauve qui peut ! crie-t-il.

Je le retiens par une aile :

— Non, elle s'en vient par ici.

— Tu as raison. Je sens déjà son odeur de marais pourrissant.

Je ferme la porte du placard et j'ouvre les oreilles…

Anonyme claque des dents…

Les talons de Zia tapent sur le plancher de la cuisine…

Puis, la reine se déchaîne…

AH, LE SCÉLÉRAT ! BING !

AH, LE VAURIEN ! CRAC !

IL ME LE PAIERA ! BANG !

Je regarde par le trou de la serrure : Zia hurle en fracassant la vaisselle et les chaises.

Anonyme gémit :

— Si elle nous trouve, elle nous zigouille !

Moi, je m'émerveille. La reine enragée est une vraie tornade : elle casse tout sur son passage.

Anonyme pleurniche :

— Elle nous coupera en rondelles !

— Tais-toi, abruti, notre Zia est un monstre admirable !

FRIPOUILLE ET CARAMBOUILLE ! J'ai parlé trop fort. La reine fonce vers le placard à balais.

— Qu'est-ce que j'entends ? Des voix de Mims dans ma cuisine !

Elle ouvre la porte brusquement.

— Qu'est-ce que vous faites là ? siffle-t-elle.

Je me redresse et accuse mon jumeau, qui s'est caché dans le sac de gommes aux fraises.

— Anonyme voulait voler tes gommes à mâcher, Majesté. Moi, j'essayais de l'en empêcher.

Anonyme sort la tête du sac :

— Menteur ! C'est toi qui voulais les dérober !

Zia nous soulève tous les deux et nous fixe d'un air méchant. Tout à coup, un téléphone sonne.

La reine nous jette par terre, sort de sa poche un cellulaire et répond d'une voix grinçante :

— Tu me réveilles, Hercule. Tu es un malappris, un goujat et… Oui, je t'écoute…

Le ton de Zia s'adoucit :

— Pourquoi devais-tu rencontrer un médecin, un coiffeur et une tireuse de cartes ?

Elle sourit maintenant :

— C'est merveilleux ! J'adore la Grèce. À demain, mon gredin adoré !

Elle range son téléphone, et son sourire disparaît.

Elle nous fusille du regard.

Anonyme a peut-être raison, après tout. Elle va nous couper en rondelles et nous servir en salade.

CHAPITRE 3

LA REINE EST MON IDOLE

Anonyme tremble de tout son corps, et moi, je transpire à grosses gouttes. Zia est en colère. Son regard est terrifiant.

Soudain, elle explose de rire.

HA, HA, HA, HA, HA, HA, HA !

Puis, elle nous tape sur la tête en souriant.

– Vous êtes si haïssables, tous les deux ! Voleurs, menteurs et effrontés ! J'adore ça ! Je veux vous montrer quelque chose… Remettez mes gommes dans le sac et suivez-moi.

Le château est un labyrinthe géant. Ce n'est pas

facile de suivre Zia à travers les salles et les couloirs. Elle marche à grands pas en faisant cliqueter son trousseau de clés. Je vole à tire-d'aile derrière elle. Anonyme traîne la patte en troisième place.

La reine est de bonne humeur.

— Vous savez, mes petits brigands, je vous comprends. Avant d'être coincée sur l'île des Effrayants, j'étais moi-même une épouvantable crapule. Mon château était plein à craquer de trésors volés dans tous les pays.

Les paroles de Zia enchantent mon cœur de malfaiteur. Je lui avoue :

— Majesté, tu es mon idole !

Zia se retourne et me sourit :

— Je le sais, Aster. C'est pour ça que tu me plais. Débrouille-toi pour gagner le Grand duel astucieux et je te couvrirai de trésors.

Anonyme nous a rattrapés. Il est indigné :

— Je veux aller dans le monde des Humains, moi aussi.

— C'est la reine qui décide. Et elle m'a choisi.

— Je ne suis pas d'accord !

– Espèce d'avorton, je vais te montrer…

– CESSEZ DE VOUS CHAMAILLER, hurle Zia. Vous êtes tous les deux poilus… Vous viendrez tous les deux avec moi.

Zia se remet à marcher, et nous, à courir derrière elle.

Nous traversons la salle de musique, la serre de l'arbre à Mims et le couloir de fleurs croqueuses de maringouins. Puis, Zia allume une torche, et nous descendons un sombre escalier.

En bas de l'escalier, il y a une grande porte décorée de têtes de morts. Anonyme frissonne et me chuchote :

— Elle va nous jeter en prison pour nous punir !

Moi aussi, je commence à être nerveux. Je bredouille :

— Tu veux nous montrer un cachot, Majesté ?

Zia ne répond pas. Elle choisit une clé et la glisse dans la serrure.

Criiiiic… La porte grince…

Clash, clash… De grosses lumières nous aveuglent…

Zia nous pousse vers l'intérieur de la pièce.

— Allez, entrez !

J'ai le souffle coupé et les pattes molles…

Ce n'est pas un cachot ! C'est la salle aux trésors du château !

Autour de nous, il y a de gros coffres remplis de bijoux, des piles d'or et d'argent, des montagnes de télés, de portables et de cellulaires, et un mur complet de robes royales.

Il y a aussi des tas d'objets que les Mims ne voient que dans les films : des peaux d'ours et de léopards, un train électrique, des tableaux bizarres, des cannes à pêche, des pétards, des fleurs en plastique… Des tas et des tas de trésors !

La reine soupire :

— Quand j'ai déménagé ici, je voulais en apporter plus, mais Hercule me l'a défendu.

Je suis étourdi de joie et je trébuche. Au bout de mon nez, je découvre alors le rêve de tous les gangsters : un masque de cuir noir.

Je n'ose pas le toucher. Je l'admire en silence. Quand je serai un grand Effrayant, je reviendrai le voler.

— Ah ! voilà ce que je cherchais ! s'exclame alors Zia.

— Qu'est-ce que c'est ? lui demande Anonyme.

— Mon trésor préféré, répond-elle. Un souvenir de ma jeunesse en Grèce.

CHAPITRE 4

ZIA AU TEMPS DE SA JEUNESSE

La reine s'assoit sur un trône doré et nous ordonne de la rejoindre. Nous nous posons sur ses épaules, et elle souffle sur un vieux livre poussiéreux.

Anonyme grimace, et moi, je n'en crois pas mes yeux. Le trésor de Zia est un album de photos !

La reine ne voit pas notre déception. Avec entrain, elle ouvre son album et commence à nous raconter…

« Quand je vivais dans le monde des Humains, j'allais souvent en Grèce. J'y passais mes vacances, au bord de la mer ou sur le mont Olympe.

Là-bas, il y avait des monstres partout. Les Humains ne pouvaient pas faire un pas sans tomber sur un Effrayant.

J'étais jeune, en ce temps-là. J'avais à peine 2 000 ans. Et les pires monstres grecs se battaient pour me plaire. C'étaient des colosses et des géants. À côté d'eux, j'avais l'air d'une naine.

Regardez comme ils sont costauds !

Mon monstre préféré était Fidélos, un chien-loup à trois têtes très féroce. Attendez, je vais vous le montrer… Ah ! le voilà, ce gros vilain !

Fidélos me suivait partout et mordait tous ceux qui m'approchaient. C'était un sacré coquin !

À la signature du Pacte, il n'a pas pu me suivre ici. Il était déjà enfermé dans le zoo de Ridicules du mont Olympe… »

Je plonge sur l'album de photos pour voir Fidélos de plus près. Sa mine cruelle ravit mon cœur de bandit. Je lève la tête vers Zia :

— Quand je serai en Grèce, je me sauverai et je le délivrerai, Majesté.

La reine secoue la tête.

— Non, Aster, je veux que tu gagnes le Grand duel astucieux. Afro et Acra étaient des incapables. Je compte sur toi pour sauver l'honneur des Effrayants !

Anonyme descend près de moi et gonfle la poitrine :

— Alors, c'est moi qui le ferai, Majesté !

— Non, Anonyme. Toi, tu me voleras des dessins d'enfants. Les enfants grecs sont imbattables quand il s'agit de dessiner des monstres géants.

Anonyme est déçu :

— Voler des dessins, ce n'est pas drôle.

Zia se fâche :

— TU N'ES PAS D'ACCORD AVEC TA REINE ?

Elle le balaie de la main et il tombe par terre.

— TU LE REGRETTERAS !

Anonyme retrouve la raison et se met à genoux.

— Pitié, Majesté ! Je volerai tous les dessins que tu voudras. Ne me punis pas.

— Si jamais tu me défies encore, je te jette en prison.

CLAC ! Zia referme son album et se lève.

— Allez, ouste ! Je dois me préparer. Hercule arrive demain. Ah, ce goujat ! Il ne sait pas ce qui l'attend !

CHAPITRE 5

HERCULE CACHE QUELQUE CHOSE

Hercule descend de son hélicoptère. Il porte une longue cape à capuchon. Je ne distingue pas son visage.

Il embrasse les doigts de Zia, puis il se précipite vers son chalet. Zia et moi, nous le suivons. Anonyme n'est pas là. Le dompteur ne doit pas soupçonner que j'ai un jumeau.

Hercule se campe devant le miroir du salon et retire sa cape. Il est affolé. Il lève les bras au ciel.

— C'est une catastrophe ! Regarde, Zia. J'ai un cheveu blanc, et le docteur pense qu'il tombera bientôt !

La reine s'approche de lui et tire un peu sur le cheveu blanc.

— Ne t'énerve pas tant. Il semble encore solide.

Hercule ne se calme pas.

— Les autres dompteurs croiront que je m'affaiblis, et Milo voudra me remplacer. Mon ancêtre Ulric a eu le même problème. Les dompteurs ont fait la grève jusqu'à ce que son fils devienne chef.

Zia se redresse et sourit.

— Tatatata ! Tes mollassons ne verront rien du tout. La grande Zia s'occupe de toi.

Le poil blanc du dompteur ne m'intéresse pas, mais sa cape noire a charmé mon cœur. Quand je serai grand, je la volerai. Hin, hin, hin !

— POURQUOI RIS-TU ? tonne le dompteur en me foudroyant du regard.

Son regard m'assomme. Je tombe dans les pommes.

Quand j'ouvre les yeux, Zia badigeonne les trois cheveux du dompteur. Elle roucoule :

— Cette teinture est fameuse. Je l'ai volée à Cléopâtre. Ses cheveux étaient noirs comme les ailes d'un corbeau.

Le dompteur regarde la reine avec admiration :

— Zia, tu me sauves la vie !

Pauvre crétin d'Humain. Il ne se doute de
rien. Zia ne pense qu'à le tromper. Hier, elle me
l'a expliqué. Quand Anonyme aura volé les dessins d'enfants, elle enfermera le dompteur dans un
cachot et elle s'emparera du Crâne Crépitant.

Moi, je le dépouillerai de sa cape, de sa ceinture
et de ses bottes. C'est en caleçon qu'il pourrira
dans sa prison !

Cette idée est trop drôle. Je ne peux pas me retenir. Je pouffe de rire. Hin, hin, hin !

Cette fois, Hercule ne se fâche pas. Il vient m'examiner de près.

— Ce Mim est un nigaud, Zia. Es-tu sûre que tu veux l'emmener en Grèce ?

Zia bat des mains.

— Oh, Hercule chéri, montre-nous des images de la Grèce ! J'ai si hâte d'y retourner !

— D'accord, répond Hercule. Le nigaud rira moins quand il verra l'enfant qu'il doit affronter.

CHAPITRE 6

MON ADVERSAIRE EST TERRIBLEMENT BEAU

Le dompteur sort un lecteur de DVD de sa valise, le met en marche et s'assoit près de la reine. Moi, je m'installe par terre, et le film commence…

On voit une maison affreusement blanche et deux Humains horriblement vieux. Les deux vieillards font coucou à la caméra, puis un jeune Humain les rejoint. Il est terriblement beau. Pouah !

— Voilà Dimitri et ses grands-parents, me dit Hercule.

Dimitri porte juste un bermuda. Il n'a ni chandail ni souliers !

Il veut sans doute m'impressionner. Il est très musclé !

Il gonfle la poitrine et me défie :

— Salut, Aster. J'ai hâte de te rencontrer !

Je suis indigné. Je soupçonne Hercule de tricher.

— Je dois affronter un enfant. Ce jeune-là est trop grand et trop musclé. C'est un homme !

Le dompteur secoue la tête :

— Dimitri a dix ans. Il est costaud parce qu'il fait beaucoup de sport.

Les trois Grecs sont à présent sur un terrain de jeu, au centre du village. Une foule de spectateurs les observent. Dimitri et son grand-père se placent derrière une ligne tracée par terre.

C'est la grand-mère qui est le chef. Elle ordonne aux deux autres :

— À vos marques ! Prêts ! Partez !

Le jeune et le vieillard se mettent à courir comme s'ils avaient des guêpes aux fesses. Ils vont très vite. On dirait qu'ils ne touchent pas le sol. Le garçon arrive le premier à l'autre bout du terrain. Les spectateurs se lèvent et l'applaudissent.

— Bravo, Dimitri !

56

Je suis dégoûté :

– Peuh ! Ce n'est pas difficile de battre un grand-père !

Hercule sourit :

– Ce vieux monsieur était un célèbre champion sportif. Il a gagné douze médailles d'or aux Jeux olympiques.

Dans le film, les spectateurs continuent de crier :

– Hourra, Dimitri !

– C'est toi qui vas gagner le duel avec l'Effrayant !

La caméra s'approche du visage de Dimitri. Sa beauté est insupportable, mais je me force à le regarder. Je dois m'y habituer. Pas question que je baisse les yeux quand nous serons face à face.

Le garçon parle à la foule :

– Oui, je dompterai le monstre et je pourrai emmener mes grands-parents aux prochains Jeux olympiques.

Je volette jusqu'à l'épaule de Zia et lui murmure à l'oreille :

– C'est moi qui gagnerai. En trichant.

Zia me fait un clin d'œil. Elle approuve mon idée.

Dimitri, lui, continue de fanfaronner :

— Après le duel, je réaliserai mon vœu : j'offrirai au village le plus beau gymnase du pays. Et l'entraînement sera gratuit.

Zia hurle de rire :

— HA, HA, HA ! Ce garçon est idiot. Au lieu de garder le gymnase pour lui, il veut l'offrir aux autres en cadeau !

Hercule lui lance un regard noir :

— Un idiot contre un nigaud. Les chances sont égales !

Zia est vexée :

— Mon nigaud a de grandes qualités. Ton idiot sait-il dessiner, au moins ?

Hercule se frotte les mains :

— Son dessin est fameux !

CHAPITRE 7

UNE FLEUR, C'EST RIDICULE

Les Effrayants ronflent sous les étoiles.

Sauf la taupe à pédales.

Sur la place du village, elle creuse un grand trou pour Zia. Comme récompense, la reine lui rendra le terrier que je lui ai volé.

Nous, les gangsters, nous transportons nos trésors au château. Zia nous prête le placard à balais de sa cuisine.

Au milieu de la nuit, notre butin est à l'abri.

Les araignées ne sont pas contentes. Elles tissent des toiles autour de nous. Anonyme a l'air d'un gros cocon collant. Il s'en fiche. Il est déjà endormi.

Moi aussi, je suis fatigué. Je me couche près de lui. Je soupire et je ferme les yeux…

Zia allume la lumière et nous secoue :

— Debout, là-dedans, il faut fignoler notre mauvais coup.

Anonyme déchire les toiles d'araignées qui l'enveloppent et saute sur ses pieds.

— Répète-moi ce que tu feras demain, lui commande Zia.

— Pour aller à la cérémonie, je me cacherai dans une manche de ta robe. Quand tu poseras les mains sur le Crâne Crépitant, je me faufilerai dedans en vitesse. Après ma transformation, je me cacherai dans le trou que Dédale aura creusé. Tu viendras me chercher, et je me cacherai de nouveau, mais je ne sais pas où.

— C'est parfait, approuve Zia d'un air satisfait.

Elle sort de sa poche une feuille pliée en quatre et nous la montre en gazouillant :

— C'est le dessin de Dimitri. Qu'en dites-vous ?

— C'est super, s'écrie Anonyme. On va avoir un gros sac à butin !

Le masque de gangster m'enchante, mais je fais la moue :

— La fleur sur la tête est ridicule !

La reine sourit et s'assoit près de nous.

— Grâce à moi, cette fleur sera épouvantable.

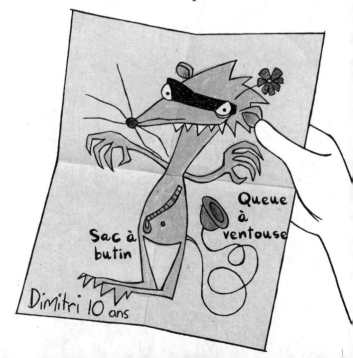

Sac à butin

Queue à ventouse

Dimitri 10 ans

En chuchotant, elle nous révèle alors notre pouvoir secret.

Je saute de joie, et Anonyme est ébloui :

— Majesté, tu es mon idole à moi aussi !

Zia nous tape sur la tête :

— Cessez de me complimenter et pensez à dormir un peu. Demain, ce sera votre fête, mes petits brigands !

Zia éteint la lumière, et nous nous couchons sur notre tas de trésors. Mais, à peine Zia partie, ses cuisiniers envahissent la cuisine !

AU MENU
* Têtards de grenouilles en salade
* Sauterelles frites
* Queues de serpents bouillies
* Gâteau aux vers de terre
* Bave de crapaud salée

Ils crient et ils crachent, ils se lancent des injures et ils se balancent des chaudrons, ils jettent des insectes hurlants dans l'huile bouillante.

Quand le festin est enfin prêt, la reine revient nous chercher.

En bâillant, je grimpe dans sa main, et Anonyme se cache dans l'une de ses manches, comme prévu. Pour la cérémonie du Crâne Crépitant, Zia porte une robe blanche.

Sur la place du village, les grands Effrayants se trémoussent ou se battent au son des tam-tams.

Hercule est assis près d'une table de pierre où son trésor est posé. Le crâne d'or brille au soleil. Je voudrais l'admirer, mais Zia me pousse à l'intérieur. Anonyme se faufile derrière moi et se cache. Moi, j'observe ce qui se passe.

La reine se pique la main deux fois. Quatre gouttes de son sang noir s'écrasent sur le dessin. Elle le roule et le glisse dans le Crâne Crépitant.

Les tam-tams et les Effrayants se taisent. Je n'entends plus que la voix de Zia. En se balançant, elle murmure des mots magiques.

De gros nuages sombres se rassemblent au-dessus d'elle, et un petit nuage noir flotte au-dessus du dompteur. Le tonnerre gronde.

Zia pousse soudain un cri en pointant un doigt vers le ciel. Le petit nuage éclate et la foudre frappe le dompteur. Hercule crie et danse de douleur. De la fumée noire sort de ses bottes. C'est la ruse que Zia a trouvée pour le distraire ! Hin, hin, hin !

Je ne ris pas longtemps. Aussitôt après, la foudre tombe encore, cette fois sur le Crâne. J'ignore si c'est mon jumeau ou moi qui hurle le plus fort. Je perds connaissance.

Quand je me réveille, je suis couché par terre, et je vois le pied de Zia qui pousse Anonyme dans le trou de Dédale. J'aperçois aussi Hercule. Il a enlevé ses bottes brûlantes et il examine les trous qu'il y a dedans.

Les Effrayants baissent les yeux. Ils ne veulent pas croiser le regard du dompteur quand celui-ci est fâché. Seule Zia ose parler :

— Pardonne-moi, Hercule adoré. Je ne sais pas ce qui s'est passé.

Zia est la reine des hypocrites. On jurerait qu'elle dit la vérité !

Hercule lève la tête : il sourit !

– Chère Zia, je ne t'en veux pas. Je me sens plein d'énergie. Ce coup de foudre m'a rajeuni !

Hercule est le roi des abrutis. Il avale tous les mensonges de Zia.

La reine se retourne vers la foule :

– Alors, fêtons Aster, notre terrible gangster !

65

CHAPITRE 8

J'ADORE LES POLAROÏDS

Hercule pose son hélicoptère en bas d'une énorme montagne, près d'une maison blanche qui s'appelle l'Hôtel du mont Olympe.

Dès que Zia met le pied dehors, la montagne se met à parler :

Viens me voir, j'ai un cadeau pour toi… pour toi… pour toi…

Je n'en crois pas mes oreilles.

— Majesté, tu es très populaire en Grèce ! Même la montagne salue ton arrivée !

Zia sourit :

— Grand brigand ignorant, ce sont les Ridicules que tu entends. Le zoo d'ici est une caverne creusée dans le mont Olympe.

Hercule descend à son tour de l'hélicoptère. Il râle en transportant l'énorme valise de la reine.

— Veux-tu me dire ce qu'il y a là-dedans ? Ça pèse une tonne !

Zia roucoule :

— Des robes royales et mes plus gros bijoux. Je veux épater mes centaures et mes cyclopes.

Une automobile surgit alors sur la piste d'atterrissage en roulant à toute vitesse. Elle freine brusquement, et un Humain en sort. Il est habillé comme Hercule. Ce doit être un dompteur.

L'inconnu court vers nous en criant :

— Allô, papa !

Hercule laisse tomber la valise et gronde :

– Milo ! Que fais-tu ici ?

– Je viens observer et photographier ton travail.
Je veux devenir un chef aussi bon que toi.

Milo se tourne vers la reine :

– Zia ! Vous êtes superbe ! Ça fera une belle
photo.

Il vise Zia, puis Hercule, avec son appareil
photo.

Clic, clic !

L'appareil recrache les photos.

Zip, zip !

Les photos s'envolent. Milo court et les rattrape.

– Montre-les-moi ! exige Zia.

La reine les regarde et les jette en l'air :

– POUAH ! Quel mauvais photographe. Je suis
affreusement jolie !

Milo trépigne de colère :

– Zia, vous êtes stupide et impolie !

– AH OUI ? rugit-elle. ON NE ME PARLE
PAS SUR CE TON-LÀ, JEUNE IMBÉCILE !

Elle lui arrache l'appareil des mains et l'écrase à
coups de talon. Milo tombe à genoux et gémit :

– Elle est folle !

Pendant ce temps, je m'empare discrètement des photos à l'aide de la ventouse au bout de ma queue. Puis, je les glisse dans mon sac à butin.

Ça me fait du bien de voler un peu. Je me sens joyeux.

Hercule est gai, lui aussi. Il susurre à Zia :

— Tu es mon grand monstre préféré.

Zia lui prend le bras :

— Accompagne-nous à l'hôtel, mon gredin chéri. Je veux me pomponner avant de visiter le zoo. Milo se chargera d'accueillir Dimitri.

Milo ne l'entend pas. Sur la piste d'atterrissage, il ramasse les miettes de son appareil photo.

CHAPITRE 9

LES PLUS VIEUX MONSTRES DU MONDE

Hercule est reparti, et j'ai rejoint Zia dans sa chambre. Pendant le Grand duel astucieux, il n'y aura que Dimitri, des dompteurs et nous à l'hôtel. Hercule ne veut pas que je terrorise les clients.

La reine est contente. Encore une fois, elle a réussi à tromper ce gros bêta d'Hercule.

Elle ouvre sa valise, et une écœurante odeur de parfum me saute au visage. Le pauvre Anonyme sort du bagage en titubant et en couinant comme une souris :

— Je déteste les voyages !

Zia choisit une robe, des bijoux, du parfum, une brosse à cheveux et des gommes à mâcher, puis elle ordonne :

— Retourne dans la valise, Anonyme. Tu dois rester caché jusqu'à minuit.

— Pitié, supplie mon jumeau. Je peux me cacher sous le lit. Je serai tranquille. Je dormirai.

— Retournes-y tout de suite ou je t'étripe !

Anonyme obéit. Zia ferme la valise à clé, puis elle me sourit :

— Toi, mon grand Aster, va m'attendre dans ta chambre. J'enfile mon autre robe et je viens te chercher.

Deux heures plus tard, nous rejoignons Hercule à l'entrée du zoo de Ridicules. Si ce n'était pas une prison, j'adorerais l'endroit ! C'est sombre, et il y a des tas de visiteurs que je pourrais voler… si Zia ne me tenait pas par la main.

Portant une torche, le dompteur nous entraîne dans un tunnel obscur. Les murs sont couverts de chauves-souris, et j'en croque une discrètement. Au bout du tunnel, il y a une grotte immense éclairée en rose et remplie de visiteurs.

Ah, si Anonyme voyait ça, il vomirait par terre !

Attachés sur un carrousel, cinq centaures lèchent de grosses sucettes roses en transportant sur leur dos des singes qui crient et leur tapent les fesses.

En découvrant ce spectacle, la reine pousse de terribles cris de rage.

AAAGRRRHRRRHH ! AAAGRRRHRRRHH !

Des enfants se mettent à pleurer, et leurs parents, à s'énerver.

Hercule me donne sa torche et tire Zia vers une autre salle, éclairée en bleu. Zia hurle encore :

– TU LES AS VUS, CES FLANCS MOUS DE CENTAURES, ILS N'ONT MÊME PAS RÉAGI !

Hercule lui tapote la main :

– Ils ne t'ont pas entendue, Zia. Ils sont sourds. Les Ridicules de ce zoo sont les plus vieux monstres du monde, ne l'oublie pas.

FRIPOUILLE ET CARAMBOUILLE !

C'est pour ça que les monstres d'ici sont si usés ! Les centaures de la salle rose ont les cheveux tout blancs en plus d'être sourds. Dans cette salle bleue,

les cyclopes portent tous des lunettes, et les harpies
volantes ont les ailes déplumées !

La reine s'est calmée. Elle demande à Hercule :

— Je veux voir mon Fidélos. Emmène-moi près
de lui.

— Tu risques d'être déçue et de crier encore,
l'avertit le dompteur. On devrait retourner à
l'hôtel.

Moi, je découvre un autre tunnel sombre et une
affiche…

— C'est par là, Majesté. On y va ?

Zia prend mon bras, et Hercule proteste :

— Je t'aurai prévenue, Zia. Tu le regretteras !

Hercule est loin derrière nous quand, tout à coup, des jappements atroces rebondissent sur les murs de pierre.

— Ha, ha, ha ! C'est lui ! C'est mon gros toutou ! s'exclame Zia en courant vers la cage du chien-loup.

Quand je la rattrape, elle flatte l'une des têtes de Fidélos. Il a cessé de japper, et ses trois gueules parlent en même temps :

— Je déteste Hercule, je ne peux pas le sentir !

— Je te vengerai, murmure Zia. Compte sur moi !

Si j'étais Fidélos, moi aussi, je haïrais le dompteur. C'est Hercule qui l'a dompté !

Fidélos se jette soudain sur les barreaux de sa prison. Son ennemi Hercule nous a rejoints :

— Le zoo va fermer, annonce-t-il. La visite est finie.

Dans sa cage, Fidélos gronde férocement en le fusillant de ses trois paires d'yeux méchants.

Pauvre Ridicule ! Dans ses gueules, il n'a plus

qu'une dent par-ci, par-là. Sa cage est pleine d'os qu'il n'a pas pu ronger. C'est pitoyable !

Jamais je ne me laisserai enfermer ici.

Je gagnerai le Grand duel astucieux. Et je volerai un autre repaire de gangsters, sur l'île des Effrayants.

Personne ne domptera le terrible Aster.

CHAPITRE 10

IL Y A UN VOLEUR DANS MA CHAMBRE

Il est un peu plus de minuit. Zia a verrouillé la porte de sa chambre d'hôtel, et Anonyme est sorti de la valise.

Je lui ai rapporté des os de poulet que j'ai volés à Fidélos. Mon jumeau les croque avec appétit tandis que je m'amuse à étirer la peau de mon ventre.

— Notre sac à butin est génial. On peut y cacher tout ce qu'on veut !

Anonyme ouvre sa fermeture éclair et met dans son sac un oreiller tout entier. Il est épaté.

— C'est vrai ! Il est très élastique !

Assise à une table, Zia dessine une carte géographique. Elle lève la tête et aperçoit Anonyme :

— Remets l'oreiller à sa place, lui dit-elle. Tu auras besoin de tout ton sac pour mettre les dessins… LES TAS DE DESSINS que tu me rapporteras. Approche, si tu veux connaître ta mission.

Mon jumeau lui obéit en croquant son dernier os de poulet.

— Tu te cacheras sous mes crinolines et je te
conduirai jusqu'à la route, explique Zia. Ensuite,
tu te rendras à Larissa, à cinquante kilomètres d'ici.
Ne traîne pas en chemin ! Tu dois être de retour
demain.

Anonyme est content :

— Enfin, je vais voir du pays. Ça me changera
des valises et des dessous de robes !

— À Larissa, continue Zia, tu chercheras l'École des Titans. Les enfants y ont dessiné des monstres toute l'année. Je l'ai appris dans Internet. Tu voleras les dessins et tu reviendras ici en courant. Tu y arriveras ?

— Ne m'insulte pas, Majesté. Je suis un voleur et je cours vite !

— Alors, partons tout de suite, ordonne Zia.

Une fois ma reine et mon jumeau partis, je retourne à ma chambre et me jette sur le lit. Je suis fatigué. Il y a longtemps que je n'ai pas dormi.

J'éteins la lumière, je ferme les yeux, je soupire… et j'entends ma porte s'ouvrir !

Un voleur a forcé ma serrure. Il a une sacoche et une lampe de poche. Je ne distingue pas son visage. Il porte une cape noire avec un capuchon !

Hin, hin, hin ! je connais ce gredin !

Il fouille dans les tiroirs, puis il s'approche pour regarder sous mon lit. Je bondis sur lui en rugissant :

— Qu'est-ce que tu cherches, Hercule ?

— Chut ! ne fais pas de bruit, Dimitri est couché dans la chambre d'à côté !

Le voleur retire son capuchon et éclaire son visage avec la lampe de poche. Ce n'est pas Hercule, c'est son fils Milo !

— J'ai un marché à te proposer, m'annonce-t-il. Tu me redonnes la photo de papa et je te fais gagner le Grand duel astucieux.

— Comment feras-tu ça ?

— En trichant, évidemment.

Hin, hin, hin ! Voleur et tricheur ! Le fils d'Hercule ressemble à un Effrayant ! Mais je suis pire que lui !

— Je suis capable de gagner sans ton aide.

— Ce n'est pas garanti. Avec mon aide, TU ES SÛR DE GAGNER !

— Prouve-le-moi.

— J'ai une poupée vaudou. C'est un tour de magie très rigolo.

Milo sort de sa sacoche une « poupée-garçon », une longue aiguille et une photo de Dimitri. Il met la photo à l'intérieur de la poupée, puis il lui pique un bras.

Dans la chambre d'à côté, Dimitri se met à crier :

— Ouille ! j'ai mal au bras !

Hin, hin, hin ! c'est vrai que sa magie est drôle. Ce Milo est une fripouille ! C'est peut-être un Effrayant déguisé !

Milo retire l'aiguille et sort de son sac une autre poupée. Celle-là n'a que trois cheveux sur la tête. Je ricane :

— Tu veux torturer ton père ?

— Non, je veux juste lui enlever ses cheveux. Quand il sera chauve, je deviendrai chef des dompteurs à sa place. Donne-moi sa photo.

– Je te la donnerai quand j'aurai gagné le Grand duel !

– Non, tout de suite !

Je sors la photo de mon sac à butin et je l'approche de mes dents :

– Si tu insistes encore, je la mange !

Milo soupire et sort de ma chambre.

CHAPITRE 11

MES MICROBES SONT EFFRAYANTS

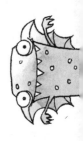

J'affronte mon adversaire dans le stade sportif du mont Olympe.

Hercule et Zia sont les arbitres de la compétition. De leurs sièges, dans les gradins, ils voient et entendent tout ce qui se passe dans l'arène.

Tous les autres gradins sont vides, sauf un. Dimitri y a posé un trophée de son grand-père. Il me l'offrira quand je gagnerai.

Dans le stade, il y a aussi Milo, mais il est caché dans le vestiaire. Zia a juré de lui arracher les cheveux si elle le voyait ici.

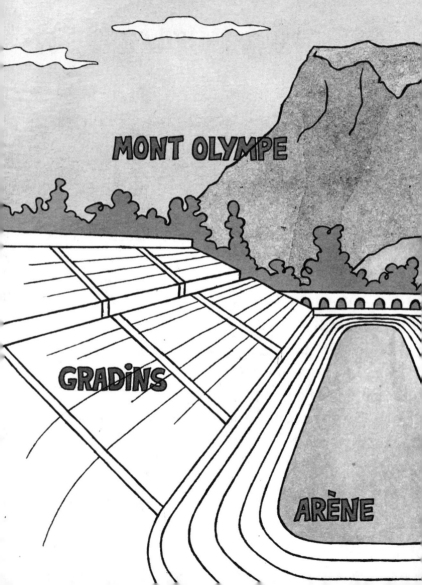

Dimitri a apporté les douze médailles d'or de son grand-père, et il les porte sur lui. Il soulève des haltères à l'autre bout du stade. Quand il tourne les yeux vers moi, il fixe la fleur sur ma tête. Il fait le fier, mais son poil se redresse de frayeur.

Moi, je ne peux pas m'empêcher de rigoler. Je suis sûr de gagner !

Enfin, Hercule annonce au micro :

— Le marathon sera la première des trois épreuves de ce Grand duel astucieux. Les coureurs feront quarante fois le tour du stade…

Hin, hin, hin ! cinq ou six tours suffiront. Avec moi, ça ne traînera pas ! J'ai l'intention de tricher dès le départ. Hercule donne le signal :

— À vos marques ! Prêts ! Partez !

Je prends tout de suite les devants. Les voleurs sont des champions de course.

Je flatte ma fleur en jetant un coup d'œil à Zia. Mon idole est une criminelle géniale. Elle a inventé un super-pouvoir secret pour Anonyme et moi. Une fleur lanceuse de microbes !

Notre fleur est remplie de minuscules bandits : les microbes de la grippe, des oreillons, de la varicelle et

de l'otite. De quoi rendre malade toute une armée de garçons grecs !

Je veux que Dimitri attrape la varicelle. Il paraît que ça pique et que ça gratouille à en mourir. Hin, hin, hin ! j'ai hâte de voir ça.

Je me tourne vers Dimitri, je vise sa bouche, ma fleur lance le microbe… mais la bestiole s'assomme sur une médaille d'or et tombe raide morte. GRRRRR ! je dois recommencer.

Cette fois, je choisis un microbe de grippe très féroce. Je ralentis et laisse Dimitri me dépasser. Quand il est juste devant moi, je vise sa main. Mais Dimitri accélère soudainement, et je rate encore ma cible.

FRIPOUILLE ET CARAMBOUILLE ! J'écrase mon microbe en courant ! GRRRRR ! je ne ris plus.

Dimitri ne se doute pas qu'il a échappé à de terribles maladies, mais il se méfie de moi. Il court sans se laisser rattraper.

Après dix tours de stade, je suis essoufflé. Je m'arrête devant la porte du vestiaire et fais signe à Milo. À travers la vitre, je le vois plonger une aiguille dans l'un des pieds de la poupée vaudou.

Aussitôt, Dimitri trébuche et crie de douleur. Il s'assoit par terre, enlève son soulier et frotte son pied en gémissant. Je m'approche de lui. Il hurle :

– RECULE ! TU ES RÉPUGNANT !

– Oui, et je suis méchant, aussi. J'adore te voir souffrir !

– Tu es pire que je pensais.

– J'ai des tas de pouvoirs effrayants. Abandonne tout de suite ou tu souffriras énormément.

– Non. Je découvrirai ta faiblesse, et tu perdras !

Je le laisse réfléchir et je recommence à courir. Je fais deux tours de stade en sifflant. Lui, il se relève et s'écroule de nouveau plusieurs fois.

Enfin, Hercule se décide à annoncer :

– Dimitri a abandonné la course. Aster gagne la première épreuve. Cinq minutes de repos avant la seconde épreuve : le saut en longueur.

Et CLAC ! toutes les lumières s'éteignent. Hercule bougonne dans le micro, et Dimitri continue de gémir.

Moi, je profite de l'obscurité pour m'emparer du soulier de Dimitri et le ranger dans mon sac à butin.

Soudain, on me tire par la queue et on me traîne jusqu'au vestiaire. Milo retire l'aiguille du pied de la poupée, puis il essaie de m'intimider :

— Je t'ai fait gagner la première épreuve. Donne-moi la photo de papa, sinon tu perdras les deux autres.

Hum ! mes microbes ont échoué, et son tour de magie a réussi. Je me décide rapidement et lui tends la photo en disant :

— Tu attends mon signal, et tu plantes l'aiguille dans le ventre de la poupée. Dimitri souffrira beaucoup et ce sera facile de le terroriser.

— Quel sera ton signal ?

— Je dirai : « Ce sera moi, le gagnant ! »

— Entendu. Retourne dans l'arène. Je remets l'électricité.

CHAPITRE 12

CE SERA MOI, LE GAGNANT !

Quand la lumière revient, je suis sur les gradins, et le trophée de Dimitri est dans mon sac à butin.

Le garçon n'a plus mal au pied. Il court sur place dans l'arène.

Je lui crie :

– Ce n'est plus le temps de courir. Le marathon est fini !

Il ne répond pas et regarde la fleur sur ma tête.

Je ne peux pas me retenir, j'éclate de rire. Hin, hin, hin ! cet idiot ne s'aperçoit pas que j'ai volé son trophée.

La voix d'Hercule résonne dans le stade :

– Dimitri, prépare-toi pour ton saut en longueur. C'est ton tour.

Dimitri dépose par terre ses douze médailles d'or et va se mettre sur la ligne de départ. Je descends dans l'arène et, bien sûr, je lui vole ses médailles.

Puis, je m'exclame gaiement :

– CE SERA MOI, LE GAGNANT !

Il ne se passe rien. Dimitri n'a pas mal au ventre !

Je crie plus fort pour que Milo entende :

– **CE SERA MOI, LE GAGNANT, J'EN SUIS SÛR !**

Hercule soupire dans le micro avant d'annoncer :

– Vas-y, Dimitri !

Le garçon s'élance et atterrit très loin de la marque de départ. Ses pieds font un grand trou dans le sable.

FRIPOUILLE ET CARAMBOUILLE ! Milo m'a trompé !

Hercule dit dans son micro :

– À ton tour, Aster. Montre-nous si tu peux battre ce record.

Je m'avance sur la ligne de départ. C'est un peu difficile, car mon ventre traîne par terre.

Dimitri sourit et, pour la première fois, il se moque de moi :

– Ce sera toi, le perdant, j'en suis sûr !

Je me sens bizarre. Un grand frisson me secoue de la tête aux pieds.

Je jette un coup d'œil vers la porte du vestiaire. À travers la vitre, j'aperçois Milo qui me fait une grimace.

J'essaie quand même de sauter. Mais mon sac est trop lourd et je tombe sur le ventre.

Au micro, Hercule proclame :

– Dimitri gagne la deuxième épreuve. Cinq minutes de repos avant l'épreuve finale : la course à obstacles.

Le garçon lance son autre soulier près de moi et s'esclaffe :

– Tiens, celui-là, je te le donne !

Je tends le bras, j'attrape le soulier et je me tourne sur le dos pour le mettre dans mon sac à butin. Mon adversaire éclate de rire :

– Tu ne peux pas t'empêcher de remplir ton sac. Tu es ridicule avec ton gros ventre tout étiré.

Je transpire, je me sens mal. Je devrais vider mon sac, mais je ne peux pas me séparer de tous mes trésors volés. Dimitri s'avance vers moi en rigolant :

– J'ai découvert ta faiblesse. C'est le zoo qui t'attend !

J'ai soudain envie de pleurer. Le zoo, jamais ! Plutôt mourir que d'aller au zoo.

Mais comment on fait pour mourir ?

Je ne le sais pas.

Cette fois, je pleure pour de bon, couché par terre. Et le garçon continue de rire de moi :

– Ta fleur est si jolie ! Quand je la regarde, je n'ai plus peur du tout. C'est pour ça que je l'ai dessinée.

Il se penche et chatouille ma fleur :

– Pauvre fleurette ! Elle est ramollie !

Quoi ! Dimitri a triché ! Je suis si insulté que je retrouve un peu de force.

Ma fleur se redresse et lance un microbe…

Il s'accroche par une griffe à l'oreille du garçon…

Il est suspendu dans le vide…

Va-t-il tomber ?

CHAPITRE 13

JE MARCHE À QUATRE PATTES

Non. Mon microbe ne tombe pas.

À travers mes larmes, je le vois qui réussit à grimper.

Ça y est, il entre dans l'oreille de Dimitri…

… qui se met à hurler :

– AÏE ! J'AI MAL !

Mon microbe d'otite a réussi à infecter mon adversaire. Dimitri ne rit plus à présent. Il se tient la tête en pleurant.

Moi, je me sens mieux.

– C'est un de mes vilains tours. J'en ai d'autres, plus effrayants ! Tu veux les voir ?

— Tu es cruel et malfaisant. J'abandonne.

Les larmes du garçon tombent sur moi.

Je me relève et triomphe :

— DIMITRI ABANDONNE. C'EST MOI QUI GAGNE !

Hercule et Zia descendent les gradins. En me félicitant, la reine m'offre son collier, et je le range avec mon butin. Mon sac est si plein que je dois marcher à quatre pattes.

Hercule emmène Dimitri à l'infirmerie avant de l'escorter au zoo du mont Olympe. Je ris du perdant :

— Tu salueras les Ridicules de ma part quand tu balaieras leurs cages !

Zia, elle, se moque du dompteur :

— Mon petit Aster est un nigaud très astucieux, n'est-ce pas, Hercule ?

Hercule lève les yeux au ciel, puis il nous quitte en disant :

— Va préparer tes bagages, Zia. Dès que tu seras prête, nous retournerons à l'île des Effrayants.

Zia se hâte vers l'hôtel, et moi, je me traîne jusqu'au vestiaire. Ma fleur est de nouveau en pleine forme, et je veux me venger de Milo.

Ah, le traître ! Il s'est sauvé ! Je n'ai plus qu'à retourner à l'hôtel.

Quand je retrouve Zia, elle a cassé les verres et les chaises de la chambre. Elle finit de déchirer les draps de son lit, puis elle gronde :

— Anonyme n'est pas revenu. Si ce scélérat n'arrive pas tout de suite, mon plan est à l'eau.

Hercule frappe alors à la porte.

La reine ne lui ouvre pas. Elle tente de gagner du temps :

— Mon Hercule adoré, je voudrais rester un jour de plus. Le mont Olympe me rappelle tant de bons souvenirs !

— J'ai trop de travail, lui répond Hercule. Je ne peux pas prendre congé.

Par la fenêtre, j'aperçois Milo qui met sa valise dans le coffre de sa voiture. Je pourrais me venger de lui s'il venait à l'île des Effrayants…

Je suggère mon idée au dompteur :

— Demande à Milo de nous reconduire. Il n'est pas pressé, lui !

— Impossible. J'envoie Milo à Larissa. On a signalé un monstre là-bas.

Zia ouvre la porte et fait semblant d'être étonnée :

– Un Ridicule se serait-il échappé du zoo ?

– Pftt ! soupire Hercule. C'est sans doute une blague. Le monstre aurait volé des tas de bonbons pour y goûter.

– Ah, ah, ah ! s'esclaffe la reine. C'est très drôle, en effet !

– Laisse-moi prendre tes bagages, Zia, nous partons.

— Non. Aster portera ma valise. Ça lui fera plaisir.

J'ai envie de rire, mais je me retiens. Si je porte la valise, Hercule ne saura pas qu'elle est presque vide. Encore une fois, Zia le trompera. Mon idole est très futée.

En faisant mine de la trouver lourde, je soulève la valise et la pose sur mon dos. Je la transporte ainsi jusqu'à l'hélicoptère.

Le dompteur est surpris. Il me suit en se grattant la tête.

Zia lui tape les doigts.

— Fais attention, tes cheveux sont précieux !

Tiens, c'est vrai, Hercule a encore ses trois poils ! C'est étrange !

Pourquoi Milo ne lui a-t-il pas encore joué son vilain tour ? Sa poupée vaudou est peut-être brisée…

CHAPITRE 14

ANONYME PASSE À LA TÉLÉ

AÏE ! OUILLE ! OUILLE ! C'EST DE LA TORTURE !

Dans le chalet d'Hercule, Zia s'assoit sur moi pendant que le dompteur me tatoue le dos.

— Cesse de te plaindre, c'est fini, bougonne-t-il.

La reine me lâche et va s'asseoir devant la télé. Je suis fâché contre elle :

— Je gagne le duel et tu le laisses me tatouer ?

— Je n'ai pas le choix, mon grand brigand.

— Ta reine a signé un pacte avec nous, m'explique Hercule en rangeant ses outils. Elle ne peut pas tricher.

Ça, c'est trop fort ! Je me campe devant lui :

— Pourtant, les Humains trichent souvent !

— Les Humains ne trichent pas, tu sauras, s'impatiente Hercule.

— Je connais deux tricheurs, moi !

— Ah oui ! qui ça ? tonne le dompteur.

Nous sommes nez à nez, les poings serrés…

Soudain, un cheveu se détache du crâne d'Hercule, se trémousse et se pose doucement sur le plancher.

Puis, le dompteur regarde avec horreur ses deux derniers poils tomber.

— Catastrophe ! Je perds mes cheveux !

La reine bondit près de lui en rugissant :

— C'est un tour de Milo, j'en suis sûre !

Hercule ramasse ses trois cheveux et les serre dans sa main.

— Ne dis pas de bêtises, Zia. Milo est en Grèce ! Mes cheveux tombent parce que je suis vieux.

Ah ! je comprends tout, à présent. Milo voulait être loin de son père avant d'arracher les cheveux de la poupée. Comme ça, Hercule ne pourrait pas le soupçonner.

FRIPOUILLE ET CARAMBOUILLE ! Cet
Humain est presque aussi fourbe que Zia !

Chauve et découragé, le dompteur observe la
reine. Elle place les trois cheveux dans un bocal de
verre.

– Je pourrais peut-être arranger ça avec un tour
de magie…

Je ne peux pas m'empêcher de ricaner :

— Milo aussi fait de la magie !

Zia m'attrape par un bras :

— De quelle magie parles-tu, mon petit Aster ? demande-t-elle.

Hercule me secoue l'autre bras :

— Parle, brigand ! m'ordonne-t-il.

Je fais la moue :

— Je veux que tu me donnes ta cape, ta ceinture et tes bottes.

— Pas question. Mais je te conseille de dire ce que tu sais, sinon…

La reine me tape sur la tête :

— La grande Zia te récompensera, ne t'inquiète pas !

— Milo a mis la photo d'Hercule dans une poupée vaudou. Je l'ai vu !

— Tonnerre ! Mon fils est un sacripant !

— Tu dois te venger, mon Hercule adoré.

— Oui, mais comment ?

Hercule et Zia commencent à discuter. Moi, je me couche sur le sofa du salon et je regarde la

télévision. Je suis très fatigué. Je m'endors durant les pauses publicitaires.

Quand je me réveille, les deux autres sont assis sur ma queue et regardent Milo à la télé !

Son visage est plein de boutons rouges. Il parle en se grattant furieusement.

— J'ai trouvé le monstre dans une école primaire. Je ne sais pas comment il m'a donné la varicelle…

La télé nous montre une classe d'enfants boutonneux et tremblants, et leur professeur, qui est boutonneux, lui aussi. Le professeur explique :

— Le monstre voulait voler les dessins des enfants, mais je les avais envoyés au Grand concours effrayant. Alors, il a voulu forcer les enfants à dessiner. Mais ils ne le pouvaient pas, ils se grattaient trop : ils avaient tous attrapé la varicelle !

Milo revient à l'écran. Il fanfaronne en grattant ses pustules :

— Ce monstre sauvage ne semblait pas sérieux. Il flattait sans cesse une fleur et… euh…

Milo se prend la tête à deux mains. Il bafouille piteusement :

— Excusez-moi, je suis trop malade pour continuer…

On nous montre alors le pauvre Anonyme qui pleure à chaudes larmes dans une cage.

Hercule sursaute :

— On dirait Aster ! Zia, c'est encore une de tes manigances ?

La reine grogne :

— Oui, Hercule. Je suis le monstre le plus fourbe de la terre, je n'y peux rien !

— Je ne t'en veux pas, soupire le dompteur. Grâce à toi, Milo est puni. Il a attrapé la varicelle.

— La varicelle, ce n'est pas assez, s'indigne la reine. Tu dois te venger de ce fils ignoble et tricheur !

— Qu'est-ce que je peux faire ?

La reine se penche vers lui en souriant :

– J'ai peut-être une idée…

Hercule et Zia se remettent à comploter sans s'occuper de moi. J'en profite pour voler la cape du dompteur. Je voudrais m'emparer de la télé aussi, mais elle est plus grosse que mon sac à butin.

Je sors en vitesse et j'enfile la cape.

Dehors, la lune éclaire le village.

On n'entend que les ronflements des Effrayants.

Dommage qu'Anonyme ne soit pas là. C'est une nuit sublime pour commettre des crimes.

Tu as détesté *Aster, le terrible gangster*!
Tu vas haïr *Anémie, la mignonne musclée,*
le tome 4 des Effrayants.

Anémie a vraiment un fichu caractère. Personne n'échappe à sa colère ! Elle fulmine contre les Mims, elle se fâche contre les grands Effrayants... Elle réussit même à déplaire à la reine, à tel point que Zia la jette en prison ! Pour avoir une chance de devenir une géante, Anémie doit libérer des monstres emprisonnés au zoo du Texas. Mission... presque impossible.

TABLE DES MATIÈRES